Nuvola Di Itsy-Bitsy
Un desiderio segreto esaudito

Translation of the Original English version of
Itsy-Bitsy Cloud

Francis Edwards

Ukiyoto Publishing

Tutti i diritti di pubblicazione globali sono detenuti da

Ukiyoto Publishing

Pubblicato in 2023

Contenuto Copyright © Francis Edwards

ISBN 9789357878630

Tutti i diritti riservati.

Nessuna parte di questa pubblicazione può essere riprodotta, trasmessa o memorizzata in un sistema di recupero, in qualsiasi forma e con qualsiasi mezzo, elettronico, meccanico, di fotocopiatura, di registrazione o altro, senza la previa autorizzazione dell'editore.

I diritti morali dell'autore sono stati rivendicati.

Questa è un'opera di fantasia. Nomi, personaggi, aziende, luoghi, eventi, località e incidenti sono frutto dell'immaginazione dell'autore o utilizzati in modo fittizio. Qualsiasi somiglianza con persone reali, vive o morte, o con eventi reali è puramente casuale.

Questo libro viene venduto a condizione che non venga prestato, rivenduto, noleggiato o fatto circolare in altro modo, senza il preventivo consenso dell'editore, in una forma di rilegatura o copertina diversa da quella in cui è stato pubblicato.

www.ukiyoto.com

Dedica E Ringraziamenti

Dedicato alla memoria di Lee Barry Turner

Si è ritirato da questa Terra il 7 febbraio 2022.

Il mio angelo custode. Durante la sua malattia continuava a dirmi di scrivere ogni giorno per tenere la mia mente occupata e lontana dai suoi problemi. Il 7 febbraio 2022 ha sentito sulla Terra la buona notizia: "Congratulazioni, il tuo libro è stato accettato per la pubblicazione".

Lee Barry Turner sarà con me a ogni passo che farò lungo il mio viaggio di tutta la vita per scrivere libri di racconti, saggi e poesie per bambini, fino a quando le nostre anime saranno unite nel cielo per grazia di Dio.

Illustrazioni cercate su Google

I crediti sono stati attribuiti dove indicato da queste ricerche:

Foto Unsplash di Nuvole:

Daoudi Aissa

Barrett

Scanner

Oskay

Emmanuel Appiah

Patrick Janser

Vladimir Anikeev

Nicole Geri

Josiah H

Julian Reijnders

Yurity Kovalov

Illustrazioni scaricate anche dalla fonte royalty free, per uso commerciale:

The Graphics Fairy

Free Vector Images

Pixels

Pixabay

Peakpx

Created illustrations using:

Text on Image

Clip Art Free Download

Grazie a tutti voi per aver aperto le porte agli scrittori.

Contenuti

Itsy - Il Segreto Di Bitsy	1
Itsy - Bitsy Scrive Una Poesia	9
Itsy - Bitsy Racconta Il Suo Segreto	12
Il Sogno Profondo	15
Visita Con I Brownies	17
Il Capo Delle Fate Del Melo	21
Leprecauni	25
La Guerra Degli Gnomi	29
Gli Elfi	33
Maglia A Catena	38
Kelpie, Il Cavallo	43
La Tempesta	45
Sull'autore	*46*

Itsy - Il Segreto Di Bitsy

C'era una volta una bambina, Itsy-Bitsy, che aveva uno spirito meraviglioso. Voleva salire su una nuvola. Teneva il suo segreto solo per sé. Itsy-Bitsy sapeva che i suoi amici e in particolare suo fratello maggiore, Ziggy, si sarebbero presi gioco del suo desiderio.
Itsy-Bitsy amava guardare le nuvole. Le grandi nuvole bianche e gonfie attiravano sempre la sua attenzione su un cielo blu reale quando le passavano lentamente accanto. Aveva notato che queste nuvole speciali cambiavano forma prima di scomparire all'orizzonte. Nessuno capiva il suo fascino. Ziggy le urlava di guardare per terra mentre andava a scuola. "Itsy-Bitsy stai per cadere. Cosa stai guardando? Lo dirò alla mamma!". Itsy-Bitsy lo ignorava e si avviava a scuola inciampando. "Ziggy Cloud, lasciami in pace, ha detto".
Una volta a scuola, Itsy-Bitsy chiedeva sempre alla maestra di assegnarle un posto accanto alla finestra. Itsy-Bitsy disse alla maestra che soffriva di claus-tro-pho-bia. Itsy-Bitsy cercò la parola nel dizionario che spiegava la condizione come una paura estrema di uno spazio ristretto.
Itsy-Bitsy ha sentito questa parola da sua madre, Merry-Weather, un giorno, mentre spiegava alle altre mamme al parco giochi perché Itsy-Bitsy guarda sempre in alto. Itsy-Bitsy conosceva questa etichetta e ha sempre lavorato per assicurarsi un posto in vetrina in tutte le sue classi a scuola. Itsy-Bitsy voleva solo poter guardare fuori dalla finestra per controllare se passavano le nuvole. Itsy-Bitsy non era sola. Anche altri compagni di classe si divertivano a guardare fuori dalla finestra della classe, ma non cercavano le nuvole. Di tanto in tanto, gli insegnanti di Itsy-Bitsy la sorprendevano a guardare fuori dalla finestra. Quegli insegnanti guardavano Itsy-Bitsy con aria grave perché sognava a occhi aperti.
Itsy-Bitsy teneva un diario. Ogni giorno, se vedeva una nuvola, ne disegnava la forma e cercava di identificarla. Itsy-Bitsy immaginava che la nuvola assomigliasse a una nave, a un paese, a un animale, a

una stella, a un albero o a una persona. Questo era il suo gioco. Questo gioco la divertiva per ore e ore.

Itsy-Bitsy includeva le nuvole in tutti i suoi disegni. Suo padre, Storm, le notava ogni volta che Itsy-Bitsy tornava a casa da scuola e appoggiava un nuovo disegno sulla porta del frigorifero. Suo padre osservava: "Itsy-Bitsy, la tua nuvola è l'elemento migliore dell'intero disegno. Come fai. Non lo capirò mai".

Uno dei momenti più belli della scuola per Itsy-Betsy era la lezione di scienze. Le piaceva imparare a conoscere tutte le formazioni di nuvole. Itsy-Bitsy ha imparato che esistono quattro categorie principali. Queste categorie si distinguono in base all'altezza delle nuvole nel cielo. Itsy-Bitsy ha scritto sul suo quaderno:

Le nuvole alte sono chiamate Cirri o Nuvole piumose.

I cirri sono così alti che l'acqua nelle nuvole è congelata. Vedere queste nuvole significa che sta per arrivare un temporale o un fronte caldo.

Le nubi cirrocumulo sono nubi dall'aspetto irregolare. Il bel tempo si avvicina.

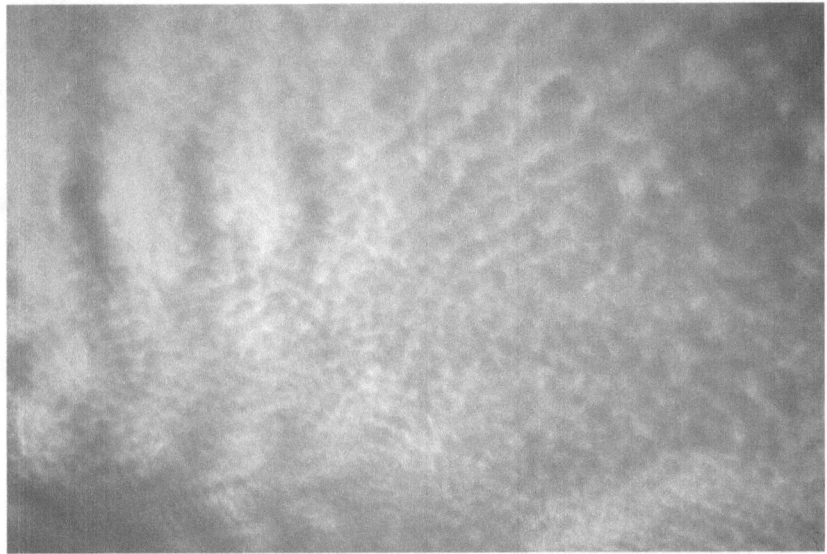

Le nubi Cirrostratus sono nubi dall'aspetto lattiginoso. L'intero cielo ne è ricoperto. È possibile vedere attraverso di esse. Questo indica che sta arrivando un fronte caldo. Bel tempo.

Le nubi medie

Le nubi Altocumulus hanno un aspetto rotondo e ovale. Sono piene di pioggia. Tuttavia, la pioggia evapora prima di toccare il suolo. Queste nubi indicano l'inizio di un temporale. Significano anche che si sta avvicinando un fronte freddo.

Le nubi Altostratus sono nubi grigie coperte. Producono una pioggia leggera.

Itsy-Bitsy ha rimpicciolito questa immagine, perché non le piace affatto l'aspetto di queste nuvole.
Le nuvole basse
Le nuvole di strato sono nebbia e foschia.

Le nubi stratosferiche sono nubi gonfie molto vicine tra loro. Prevedono
probabilmente una leggera pioggerellina.

Le nuvole multilivello mostrano un grande sviluppo verticale.
Le nubi cumuliformi sono bellissime nuvole che si spostano alla deriva. Queste nuvole scompaiono la sera. Sono sinonimo di bel tempo.

Le nubi cumulonembi sono montagne verticali.
Prevedono tempeste di pioggia intensa o grandine. Potrebbe anche verificarsi un tornado.

Le nubi Nimbostratus bloccano il sole. Queste nuvole sono molto scure. Producono pioggia o neve, a seconda della stagione.

Nuvola Di Itsy-Bitsy

Itsy - Bitsy Scrive Una Poesia

Itsy-Bitsy, ora, può andare sul suo quaderno per verificare tutte le diverse nuvole che trova nel cielo. Ziggy non può farle torto se guarda in alto. Ora è in grado di prevedere il tempo. Offre consigli alla sua famiglia, aiutandola a prendere decisioni, come prendere un ombrello. Itsy-Bitsy ha iniziato a trasformare le previsioni del tempo in un gioco. Annota sul calendario quante volte le sue previsioni sono corrette. Ogni volta che Itsy-Bitsy ha ragione, Storm le dà una moneta per il suo salvadanaio. Ziggy deve portare fuori la spazzatura. La madre mette un premio extra nel suo pranzo a scuola. Il gatto di Itsy-Bitsy le regala un miagolio speciale, per averla tenuta al sicuro in casa nei prevedibili giorni di pioggia.

Itsy-Bitsy diventa così brava nelle previsioni del tempo che tutti a scuola si consultano con lei, perché non ricordano la lezione di scienze sulle nuvole. Le mamme al parco e al parco giochi cominciano a consultarla. Chiedevano a Itsy-Bitsy quale sarebbe stato il tempo previsto. Una madre rispondeva: "Stiamo organizzando delle feste in piscina all'aperto". Itsy-Bitsy gode di tutte queste attenzioni. Riceve e fa nuove amicizie ogni giorno. Tutti i ragazzi del giornale, compreso il postino, chiedono a Itsy-Bitsy che tempo si prevede?

Itsy-Bitsy scrive una poesia per la sua classe di inglese.

NUVOLA, NUVOLA, NUVOLA...

SCENDERE...

POTREI...

SALIRE A BORDO.

PUOI PORTARMI...

IN CAMPEGGIO NEL CIELO...

VIENI GIÙ DA ME.

NON PUÒ ESSERE TROPPO PRESTO...

NON VEDO L'ORA...

POSSO BACIARE LA TUA BENEDIZIONE...

POSSO CELEBRARE LA TUA PRESENZA NUVOLA, NUVOLA, NUVOLA...

VIENI A PORTARMI VIA...

CONTINUA IL TUO VIAGGIO...

CONDIZIONE PRIMA CHE TU SCOMPAIA.

Itsy-Bitsy legge la sua poesia a Ziggy, ma lui non ne rimane colpito. Dichiara: "Quella poesia è pazza, non puoi sederti su una nuvola, pazza, ci cadrai dentro. Lo dirò alla mamma"! Itsy-Bitsy risponde: "Posso fingere, stupido, ora vai a buttare la spazzatura prima che piova".

Itsy-Bitsy vuole mostrare al padre la sua poesia. Lui è così colpito dalla poesia che le chiede: "Itsy-Bitsy perché hai usato tutte quelle parole che iniziano con la lettera C"? Itsy-Bitsy risponde: "La C è la lettera dell'alfabeto che stiamo imparando a scuola. Tutte quelle parole con la C saranno nel nostro test di ortografia la prossima settimana". "Oh, capisco, ecco un dollaro per il tuo salvadanaio. La tua poesia è stata costruita in modo intelligente, complimenti. Continua a trasmettere il contenuto; rivendica il diritto d'autore".

Itsy - Bitsy Racconta Il Suo Segreto

Un giorno Itsy-Bitsy viene invitata dalla madre a uscire nel giardino sul retro per raccogliere dei fiori per la tavola imbandita. Merry-Weather ha intenzione di intrattenere il Garden Club locale a un pranzo nel pomeriggio. Mentre Itsy-Bitsy è intenta a raccogliere fiori di campo, come campanelle blu, erica, lupini e fiori gialli, non può fare a meno di guardare le nuvole. Appena lo fa, Itsy-Bitsy inciampa in un vecchio ornamento da giardino arrugginito. Lo raccoglie e vede che è un Cupido. Cupido è così felice. È stato finalmente trovato, dopo aver trascorso anni e anni nascosto. Si stava arrugginendo sul terreno umido. Itsy-Bitsy pose Cupido su una grande roccia. Cupido disse: "Mi hai salvato. Per te scaglierò la mia ultima freccia. La mia freccia può trafiggere il cuore di una Fata dei Giardini e lei potrà esaudire un desiderio". "Sì, sì, ti prego, procedi. Ho un desiderio segreto. Non l'ho mai detto a nessuno, tranne che al mio gatto, Jumping-Jack. Lui mantiene il mio segreto, perché non sa parlare il linguaggio umano".

Itsy-Bitsy posò con cura il Cupido arrugginito su una roccia liscia e più comoda, in modo da poterlo tenere fermo. Cupido scoccò la sua ultima freccia direttamente contro un disturbo in un campo di fiori viola.

"È una fata del giardino", dichiara Itsy-Bitsy. "Riesco a vederla!".

La Fata dei Giardini svolazza sopra alcuni fiori viola. Ora Itsy-Bitsy può davvero vederla contro il cielo blu reale. La Fata del Giardino cambia sempre colore per adattarsi al colore del fiore o dell'oggetto dietro cui si nasconde. Oggi è viola. Si abbina ai fiori viola dove si nasconde oggi. La Fata del Giardino dice a Itsy-Bitsy che può scambiare solo un segreto con un segreto. La Fata del Giardino dice a Itsy-Bitsy: "Prima devi dirmi il tuo segreto, perché il mio cuore è trafitto". Itsy-Bitsy dice: "Il mio desiderio segreto è di salire su una nuvola e andare alla deriva nel cielo". La Fata del Giardino risponde: "Il mio segreto è che non posso esaudire i desideri, ma posso chiedere che il tuo desiderio venga esaudito dalla tua Fata Madrina. Lei è l'unica che può esaudire il tuo desiderio. Poiché il tuo cognome è Nuvola, la tua madrina si chiama Nuvola. La conoscerete. Verrà da te vestita con un bellissimo abito bianco dall'aspetto di una nuvola, portando con sé una bacchetta magica con una stella attaccata".

La Fata del Giardino dice a Itsy-Bitsy: "Prometto di informare la tua madrina Cloud del tuo desiderio segreto, mentre dormirai profondamente una notte. È in questo momento che mi è permesso di parlare con la tua Nuvola Madrina, a nome tuo. La tua Nuvola Madrina potrebbe entrare nel sonno profondo da un momento all'altro e forse esaudire il tuo desiderio". Non devi dirlo a nessuno. Se lo farai, il tuo desiderio svanirà. La tua Nuvola Madrina non entrerà nel tuo sonno, per quanto profondo possa essere il tuo sonno. Se il segreto viene scoperto, il tuo sonno non avrà sogni. Devi ricordarlo ogni giorno e ogni ora del giorno, per non dirlo a nessuno.

La Fata del Giardino sente dei passi. Deve andarsene. Deve volare via e nascondersi in una macchia di fiori viola. Scompare con la stessa rapidità e velocità con cui è apparsa.

Itsy-Bitsy si gira e vede suo fratello Ziggy. Lui grida: "Perché ci metti tanto, la mamma ha bisogno di quei fiori subito. Sbrigati, Itsy-Bitsy, o lo dirò alla mamma. Non si può fare affidamento su di te per fare qualcosa"!

Itsy-Bitsy si agita. Si affretta a partire con un braccio pieno di fiori. Non si prende nemmeno il tempo di metterli nel cestino di vimini che ha portato con sé. Itsy-Bitsy è così felice. Non sa cosa pensare. Sa solo una cosa per certo. Non deve rivelare a nessuno il suo segreto.

Il Sogno Profondo

Ogni sera la mamma di Itsy-Bitsy, dopo aver letto un libro di fiabe, diceva alla figlia: "Sogni d'oro, cara". Ma non c'erano sogni. La povera Itsy-Bitsy non poteva raccontare a nessuno il suo segreto. L'unico a saperlo era il suo gatto, Jumping-Jack. Poteva solo miagolare. Itsy-Bitsy si ricordò di ciò che aveva detto la Fata del Giardino: "Il segreto scomparirebbe come una nuvola di cumulo, se un segreto venisse anche solo leggermente riecheggiato durante un russare".

Una notte, Itsy-Bitsy cominciò a rigirarsi nel sonno. Jumping-Jack cominciò a miagolare e miagolare, sempre più forte. Apparve la Fata Nuvola Madrina. "Sono venuta ad esaudire il tuo desiderio segreto. Ora puoi riposare in pace, mia cara bambina. Hai superato la prova. Non hai rivelato ad anima viva nessun segreto nostro o tuo. Molti bambini hanno chiesto il tuo desiderio segreto, ma tutti hanno fallito. Hai resistito a tutte le tentazioni. Mi hai dato prova di te stesso. Gli altri bambini non sono riusciti a mantenere il desiderio segreto di salire su una nuvola. Tutte le loro nuvole speranzose si sono trasformate in pioggia. Il loro desiderio è stato spazzato via. Non possono salire sulla nuvola che avevano scelto. Il loro desiderio è svanito per sempre. Voi siete fortunati. La vostra nuvola vi aspetta.

La montagna dove vivo è la capitale del Paese delle Fate. Sono la regina della montagna di Terra delle Fate. Ho incaricato la mia montagna di farvi diventare una Nuvola Cappello. Quando inizierai la tua scalata alla montagna, con la mia bacchetta magica indirizzerò i venti verso la cima della montagna per formare la tua Nuvola di Cappello. Il vostro gatto vi permetterà di sellarlo. A quel punto potrà saltare sulla nuvola.

La Clap Cloud vi porterà nel mio mondo, chiamato l'Altro Mondo. Visiterete il mio Regno. Per confermare il vostro arrivo, in ogni Terreno dell'Altro Mondo dovrete consegnare una cartolina. Queste cartoline conterranno gli indirizzi di tutti i Fae che visiterete. Una volta visitato, la cartolina del terreno verrà riportata a me dalla Fata del Giardino che mi ha comunicato il vostro desiderio segreto. Questo confermerà la vostra visita. Clap Cloud si sposterà su un nuovo terreno con diversi fae, con voi e Jumping-Jack a bordo. Se la Fata dei Giardini torna da me senza una cartolina firmata dal capo tribù di ogni terreno, la Nuvola di Cappello andrà alla deriva senza te e Jumping-Jack. Tu e il tuo gatto domestico vivrete per sempre all'interno del terreno fae nel mio Altro Mondo. Non ve ne andrete mai. Tutti i miei sudditi si impegnano a mantenere i segreti per loro stessi. Nessuno nel vostro mondo umano potrà mai scoprire dove vi trovate nel mio Regno dell'Altro Mondo.

La madrina Cloud ha un'altra regola che tutte le fate devono seguire. Le fate non mentono mai. La verità deve essere detta.

"Ora andate!"

Visita Con I Brownies

La nuvola Clap attraversa il cielo e si libra sopra i terreni agricoli. Itsy-Bitsy e Jumping-Jack vedono gli animali della fattoria, un fienile e la casa di un contadino. Itsy-Bitsy pensa tra sé e sé: "Che meraviglia". Chiede a Cap Cloud: "È questo il primo terreno? "Sì, ora assicurati di portare con te la cartolina giusta con la scritta Brownies, quando Jumping-Jack ti porterà via da me".

Itsy-Bitsy e Jumping-Jack arrivano e vengono accolti dal Brownie Hard Worker: "Benvenuti"! "È bello vedere una mano in più sul terreno della fattoria". "Il vostro bellissimo gatto persiano può ritagliarsi una casa lontano da casa. Può saltare in quella grande zucca laggiù. Credo che gli piacerà molto rannicchiarsi lì".

L'Hard Worker Brownie spiega che il contadino, con il mio aiuto notturno, ha raccolto tutte le zucche dai campi. Siete arrivati per il momento dell'intaglio delle zucche. Le zucche vengono intagliate con le facce. Di notte vengono illuminate con le candele per spaventare gli spiriti. Gli spiriti non sono le fate. Gli spiriti possono essere fantasmi, streghe, diavoli, vampiri o zombie che spaventano gli animali della fattoria. Appaiono dal nulla, il 31 ottobre. Gli umani chiamano questa ricorrenza Halloween. Il vostro compito sarà quello di intagliare volti su 50 zucche. Su ogni zucca deve essere intagliato un volto spaventoso diverso. Ora devo andare a dire al Capo del Terreno Agricolo che siete qui. Buona fortuna, mia cara. Ci vediamo più tardi. Iniziate a intagliare le zucche il prima possibile. Ecco un coltello da intaglio. Fai attenzione a non tagliarti. A proposito, il gatto può consegnare ogni zucca intagliata in ogni recinto degli animali. Assicuratevi di fornire qualche zucca in più per i maiali. Ne mangiano sempre qualcuna prima della notte di Halloween.

L'operaio va a dire al capo della fattoria che la Nuvola di Clap ha portato un visitatore dal mondo umano per intagliare le zucche.

"Qui, qui, qui", urla il lavoratore duro. Il suo nome è Itsy-Bitsy Cloud. Intaglia le zucche per noi. Guardate, ha già iniziato.

Il capo dei terreni agricoli è travestito da una spaventosa zucca. Quando saluta Itsy-Bitsy, le spiega che il suo compito nella notte di Halloween è quello di proteggere la casa del contadino da eventuali intrusi malvagi. Devo rimanere nel portico del contadino. Non allarmatevi per il mio aspetto. Dopo Halloween, tornerò ad avere l'aspetto di un normale Brownie con le orecchie a punta. Itsy-Bitsy è troppo spaventata per consegnargli la sua cartolina. Jumping-Jack corre verso la sua zucca e vi salta dentro. Itsy-Bitsy decide di aspettare fino a quando non avrà intagliato 50 zucche.

Itsy-Bitsy continua a intagliare zucche. Ben presto inizia a esaurire le facce da intagliare. Intaglia la faccia di Ziggy dieci volte! In dieci modi diversi. Itsy-Bitsy dice a Jumping-Jack di consegnare la maggior parte delle facce di Ziggy al recinto dei maiali. Itsy-Bitsy spera che i maiali abbiano fame. Arrivata a 33 facce, la povera Itsy-Bitsy inizia a ritagliare diverse nuvole sulle zucche. Pensa che le nuvole temporalesche possano spaventare le streghe. Le streghe avranno paura di volare durante un temporale.

Itsy-Bitsy, dopo aver aiutato i Brownies, vuole continuare a fare nuvole. Itsy-Bitsy trova un modo intelligente per consegnare la sua cartolina al Capo Tribù. Itsy-Bitsy mette la cartolina all'interno di una delle sue zucche intagliate per mostrare al Capo tribù il suo lavoro manuale. L'operaio consegna la zucca al capo tribù e, mentre solleva il coperchio per mettere una candela all'interno, la sua mano afferra la cartolina. Firma la cartolina e la Fata del Giardino, ora di colore arancione, esce svolazzando da alcune zucche impilate e prende la cartolina sotto le sue ali. La Fata del Giardino scompare dalla vista per consegnare la cartolina a Madrina Nuvola.

Poche ore prima del tramonto della notte di Halloween, apparve la Nuvola del Cappello e Jumping-Jack prese Itsy-Bitsy sulla schiena e saltò sulla Nuvola del Cappello. Itsy-Bitsy era così felice. Sapeva che qualsiasi folletto a caccia nel terreno della fattoria la notte di Halloween avrebbe spaventato Jumping-Jack. Jumping-Jack poteva scappare e nascondersi da qualche parte nella fattoria senza essere mai trovato. Itsy-Bitsy credeva persino che i maiali potessero mangiare Jumping-Jack invece di una zucca con la faccia da Ziggy.

Itsy-Bitsy fece uno scherzo al capo tribù come da tradizione di Halloween. Non è stata detta alcuna bugia. La sorpresa di Itsy-Bitsy fu l'arrivo della Clap Cloud poco prima del tramonto. Itsy-Bitsy e Jumping-Jack poterono vedere tutte le zucche illuminate intorno alla fattoria e molte strane ombre mentre la Nuvola di Clap si allontanava in un cielo illuminato da stelle e luna piena.

Il Capo Delle Fate Del Melo

La Nuvola di Cap non va molto lontano. Inizia a librarsi su una fitta foresta piena di enormi alberi secolari. La Nuvola di Cap si ferma. Itsy-Bitsy e Jumping-Jack si addentrano in una fitta foresta scura. Itsy-Bitsy inizia a seguire un sentiero che trova tra alcuni alberi. Gli alberi sembrano essere cresciuti lì da cento anni o più. Hanno tronchi enormi, come gli elefanti dello zoo. Itsy-Bitsy inizia a notare che alcuni alberi hanno dei nodi che sembrano facce. Comincia anche a pensare che dietro alcuni alberi si nasconda qualcosa. Jumping-Jack inizia a miagolare contro un particolare albero di mele gigante. Jumping-Jack non si muove affatto. Il povero gatto è congelato a terra. Continua a guardare in alto e a miagolare un suono molto spaventoso. Itsy-Bitsy sente lo stesso suono da Jumping-Jack poco prima di una lotta tra gatti. Il miagolio diventa un sibilo. Jumping-Jack inarca la schiena e si prepara alla battaglia. Itsy-Bitsy è spaventata. Anche lei, come Jumping-Jack, si immobilizza e inizia a tremare. Vorrebbe scappare, ma non riesce a muoversi.

Il vecchio Melo inizia a parlare con una voce profonda e vuota. "Siete arrivati sul terreno delle Driadi e io sono il Capo Melo. Non preoccupatevi. Noi Driadi non usciamo mai dai nostri alberi. Diventiamo parte dell'albero quando un nodo si trasforma in un volto.

Sono l'unico Driade con occhi che possono vedervi. I miei occhi mi permettono di vedere i bambini del vostro mondo che cercano di nascondersi dietro gli alberi per sfuggire alla mia vista. Credo che alcuni dei bambini che dicono di aver perso le loro cartoline stiano mentendo. Mentre altri hanno paura di darmi le loro cartoline, perché temono il mio sguardo o la mia voce, che è più vicina alla verità. Tutti quei bambini devono rimanere qui per sempre. Sono bloccati qui. Sopravvivono tutti con le noci o con le mele che sono cadute e sono rotolate via lungo il terreno lontano dal mio tronco. Sono troppo abituati alle dolci parole pronunciate dalle loro madri. La mia voce profonda e vuota li tiene lontani dal mio albero. "Avete paura di me?". "No, ma il mio gatto, Jumping-Jack, ha paura. Ho un fratello che a volte ha una voce bassa e vuota proprio come la tua. La sua voce diventa profonda soprattutto quando minaccia di fare la spia a mia madre".

I bambini da dietro gli alberi escono lentamente per salutare Itsy-Bitsy e Jumping-Jack. A Itsy-Bitsy la madre ha detto di cercare di aiutare i bambini meno fortunati.

Itsy-Bitsy chiede la cartolina a ciascun bambino. Itsy-Bitsy si rivolge ai bambini sottovoce. Ho intenzione di fare uno scherzo al Capo Albero. Vi prometto che tutti voi farete le nuvole con me. I bambini rispondono: "Il Capo Albero userà i suoi rami per inseguirci. Non arriveremo alla tua nuvola". Itsy-Bitsy risponde: "Oh no, non lo farà, non mente. La Fata del Giardino riceverà tutte le vostre cartoline per tornare alla Nuvola Madrina, se il mio trucco funziona". Itsy-Bitsy dice: "Fare un trucco non è mentire".

Ogni bambino consegna la propria cartolina a Itsy-Bitsy. Una volta fatto questo. Itsy-Bitsy, sulla schiena di Jumping-Jack, salta sul retro dell'albero del capo tribù. L'albero non sente nulla. Itsy-Bitsy, con l'aiuto di Jumping-Jack, nasconde una cartolina dietro ogni foglia con la linfa dell'albero. Itsy-Bitsy sceglie foglie di colore oro o arancione.

Itsy-Bitsy aspetta che una leggera brezza attraversi la foresta e scuota le foglie staccate dagli alberi. Quando il capo tribù si sente colpire gli occhi dalle foglie che cadono, prende un ramo per allontanare la foglia dagli occhi. A quelle foglie è attaccata una cartolina. Itsy-Bitsy e Jumping-Jack saltano su e giù dalla gioia. Itsy-Bitsy esclama: "Guardate bambini, il mio trucco ha funzionato!

La Fata dei Giardini, ora vestita di verde e oro autunnale, scende svolazzando da un ramo. Prende tutte le cartoline firmate dal Capo Driade. I bambini saltano tutti su e giù dalla gioia. Itsy-Bitsy: "Sei molto, molto intelligente. Ora possiamo partire con te e il tuo gatto. Grazie, grazie!".

Anche Itsy-Bitsy e Jumping-Jack sono felici. Itsy-Bitsy non dovrà viaggiare da sola, avrà nuovi amici con cui parlare. Jumping-Jack avrà tante attenzioni, coccole e abbracci.

Presto appare la Nuvola di Cap e Jumping-Jack porta sulla sua schiena cinque nuovi amici con cui fare la nuvola.

Itsy-Bitsy è così felice di avere degli amici con cui parlare che scrive una poesia per ricordare il vecchio Melo.

A come Mela, Mela, Mela
Albero di mele...
In grado di vedere rosso...
Permette di avere...
Molto da prendere...
Via con loro...
Un buon albero...
Conto per sostituire...
Un altro anno verrà.
Sempre un bel regalo...
Indossare il grembiule...
Applicare una buona misura...
Secondo le istruzioni.
Accedere al...
Aroma per accendere...
Appetito...
Approvazione da seguire.
Applausi...
Permette un altro...
Aggiungi le tue benedizioni per...
Mele, mele, mele.

Leprecauni

Attraverso il cielo, la nuvola di Cap ha accompagnato gli alisei, spingendo i bambini verso est, attraverso l'Oceano Atlantico, da un territorio del Nord America all'Europa. I bambini addormentati vengono portati nella casa della Terra dei Leprecauni, che gli ungheresi chiamano Irlanda.

Queste timide fate sono composte interamente da maschi. Fanno parte della Terra dei Leprechaun da prima che gli esseri umani vi abitassero. I Leprechaun sono diventati un simbolo adottato nell'Irlanda moderna. Ci sono molte storie irlandesi scritte su di loro nel folklore irlandese.

I bambini si svegliano lentamente sentendo musica e danze che sembrano diventare sempre più forti. Sentono battere come martelli che tengono il tempo della musica. I bambini sono ormai tutti svegli e vogliono unirsi al divertimento. I bambini sono felici di atterrare su un terreno solido. I bambini hanno avuto un ritardo da nuvole. Quando si viaggia verso est, il tempo marcia all'indietro. Hanno superato rapidamente la sensazione di stanchezza. Sono circondati dai simpatici folletti. È il loro modo di dare il benvenuto ai nuovi arrivati nel loro territorio. Un folletto ha persino alzato un cartello che tutti i bambini hanno potuto leggere.

"Bambini, siete tutti invitati a rinfrescarvi e a unirvi alla nostra festa". Mentre siete impegnati a divertirvi, noi calzolai vi faremo delle scarpe nuove. Sappiamo che i bambini consumano le loro scarpe molto velocemente. Questo sarà il nostro regalo per voi. Con gli scarti delle scarpe di cuoio faremo un nuovo collare per il gatto. Itsy-Bitsy risponde: "È meraviglioso, grazie mille". Jumping-Jack aggiunge il suo miagolio. Tutti i bambini applaudono e iniziano a ballare facendo gli sciocchi.

Itsy-Bitsy si accorge subito che ogni volta che sbatte gli occhi, il folletto con cui sta parlando scompare. Itsy-Bitsy pensa tra sé e sé: "Come farò a dare sei cartoline al folletto del Capo Terreno, se sbatto le palpebre". Non riesco a smettere di sbattere le palpebre. So che devo fare un trucco intelligente.

Itsy-Bitsy chiede a un folletto: "Cosa si fa con le nostre vecchie scarpe consumate"? Il folletto risponde: "Lasciamo che sia il capo dei folletti del terreno a decidere. Gli daremo tutte le vostre vecchie scarpe e il nostro folletto capo le smisterà in base alle loro condizioni. Se qualcosa può essere riutilizzato, eviteremo che diventi combustibile per l'inverno. Le nostre casette nei villaggi di tutto il nostro territorio sono riscaldate da vecchie scarpe non riparabili".

Itsy-Bitsy mette le gambe incrociate per pensare. Leggendo molti libri di fiabe, sa che nessuno ha mai catturato un folletto e ricevuto una pentola d'oro. In effetti, nessuno negli ultimi mille anni ha mai catturato un folletto, ricorda di aver letto da qualche parte o forse gliel'ha detto Ziggy. Itsy-Bitsy non vuole una pentola d'oro. L'oro non permetterà a Cap Cloud di venire a prenderla con i suoi nuovi amici. Itsy-Bitsy deve pensare a un modo per far passare le cartoline nella mano del capo folletto.

Itsy-Bitsy sa che tutte le fate amano i regali. Itsy-Bitsy raccoglie di nascosto tutte le cartoline dei bambini. Mette ogni cartolina nella scarpa giusta di ogni coppia. Mette la scarpa destra di ogni coppia in una scatola e la avvolge con la carta richiesta da uno dei folletti. La carta da regalo è ricoperta di quadrifogli verdi, un simbolo di buona fortuna usato dai folletti. Itsy-Bitsy mette tutte le scarpe del piede sinistro in un sacchetto e lo consegna a un calzolaio. Presenta il regalo incartato al capo dei folletti del terreno. Itsy-Bitsy dice senza battere ciglio: "Capo tribù dei folletti del terreno, accetti questo umile dono da parte di tutti i bambini della Nuvola di Cap in cambio del nostro intrattenimento e della sua gentile ospitalità". Il Capo Tribù prima scuote la scatola e poi la apre per vedere le scarpe. È entusiasta di tanta premura. Ispeziona ogni scarpa e riceve le cartoline. Appone volentieri la sua firma su ognuna di esse. Itsy-Bitsy vede la Fata dei Giardini emergere da dietro un quadrifoglio. La Fata del Giardino è vestita di verde, prende le cartoline e vola via con loro.

Alla fine Itsy-Bitsy corre da tutti i bambini, che ora stanno ballando con le loro scarpe nuove. Li avverte dell'avvicinarsi della Nuvola di Cap. Jumping-Jack fa le fusa con il suo nuovo collare blu, più largo e resistente. I bambini si sentiranno più sicuri a tenerlo, ogni volta che verranno trasportati sulla Nuvola del Clap.

Itsy-Bitsy scrive un'altra poesia in onore di questa felice occasione.

B come LIBRO, LIBRO, LIBRO
Credetemi, leggerò...
È meglio divertirsi...
Meglio che giocare...
Sii mio amico.
Diventa il mio obiettivo leggere...
Oltre la mia conoscenza...
Dietro il mio passato...
Iniziare una nuova avventura.
Illumina ogni ora...
Becken i miei pensieri...
Rompere la mia...
noia.
Piccolo e coraggioso...
Libro, libro, libro
Legate le pagine...
Legate la storia per me.
Credere nei folletti.

La Guerra Degli Gnomi

La Nuvola di Cap è stata in grado di lanciarsi nel profondo cielo blu puro e limpido. Questa volta, la Nuvola di tappi chiese a Itsy-Bitsy: "Dove vorresti che portassi i tuoi amici nell'Altro Mondo?". "Per favore, portaci sul Terreno degli Gnomi. So che gli Gnomi sono amichevoli. A loro piace divertirsi molto. A casa mia ci sono degli Gnomi nel mio giardino. Ziggy inciampa sempre in uno di essi, mentre mi rincorre. Mi dà sempre la colpa e dice: "Lo dirò alla mamma". Tutti noi saremmo felici di andare a trovarli. Ne sono certo".

Guardando la Nuvola di Cap, mentre il Cap si avvicinava alla terraferma, Itsy-Bitsy vide un enorme cartello.

Itsy-Bitsy decise di far votare i cinque bambini sulla Nuvola di Cap, prima di atterrare su questo nuovo terreno. Questa sarebbe stata la soluzione migliore, dal momento che la votazione non avrebbe potuto risultare pari. La votazione avvenne per alzata di mano. I Cappelli degli Gnomi Verdi vinsero.

Itsy-Bitsy era felice della decisione, visto che il cartello era tenuto da uno Gnomo dal Cappello Verde! Quando fu consegnato da Jumping-Jack, Itsy-Bitsy chiese allo Gnomo il motivo della lotta. Lo Gnomo rispose: "La guerra è stata scatenata dagli umani. Essi acquistavano solo Gnomi dal Cappello Rosso per i loro giardini. Molti Gnomi dal Cappello Verde sono diventati gelosi. I Cappelli Verdi hanno impugnato i martelli per distruggere i Cappelli Rossi ed eliminarli dagli scaffali dei negozi. Gli umani potranno scegliere di acquistare solo Cappelli Verdi. La produzione di Cappelli Verdi da parte delle nostre fabbriche è in declino da qualche tempo e questo ha causato disoccupazione e difficoltà a molti Gnomi Cappello Verde". Il Terreno degli Gnomi ha due Capi, uno con il Cappello Rosso e uno con il Cappello Verde. Il capo tribù che vince la battaglia apparirà qui, vicino al cartello e dichiarerà la vittoria. Rimanete nascosti finché non vedrete un cavallo avvicinarsi. Solo i due Capi tribù hanno un cavallo.

Itsy-Bitsy diventa rossa in viso. Sua madre ha appena acquistato uno gnomo dal cappello rosso per il giardino sul retro. Itsy-Bitsy ora vuole dipingere il cappello di verde, dopo essere tornata a casa. Ziggy probabilmente dirà: "Lo dirò alla mamma"!

Itsy-Bitsy e i cinque bambini non possono vedere nessuna battaglia, ma possono sentire i cappelli di ceramica che vengono fatti cadere dalle statue nel campo lontano. Lo gnomo dal cappello verde dice a tutti i bambini. Se avete paura, andate a nascondervi nelle buche scavate accanto alle radici degli alberi nella foresta laggiù. I Cappelli Rossi stanno avanzando da questa parte e potrebbero rompere presto la nostra linea di difesa. Vedete, i nostri combattenti sono più deboli dei Cappelli Rossi. Non abbiamo avuto cibo per diventare combattenti forti. La situazione diventa evidente. Il rumore del fronte di battaglia diventa sempre più forte. Tutti i bambini decidono di correre a nascondersi nelle buche intorno alle radici degli alberi vicino all'enorme insegna. I bambini ricordano le loro punizioni per aver rotto le cose nelle loro case. Non vogliono partecipare alla battaglia tra i Cappelli Rossi e i Cappelli Verdi. Una volta tornati a casa, i bambini potrebbero essere puniti duramente.

Dal campo di battaglia ormai tranquillo, uno Gnomo Capo Terreno, a cavallo, apparve senza cappello proprio davanti a Itsy-Bitsy e Jumping-Jack.

Poco prima che tutti i bambini corressero a nascondersi, Itsy-Bitsy raccolse le loro cartoline. Itsy-Bitsy disse al capo tribù: "Hai perso il cappello". "No", rispose lui ridendo. "L'ho tolto per proteggermi dai colpi di un amico o di un nemico". Itsy-Bitsy tirò a indovinare grazie alle informazioni fornitele dallo Gnomo dal Cappello Verde. Itsy-Bitsy prese un cappello rosso che aveva trovato lì vicino e vi mise dentro le cartoline. Il Capo Terreno indossò il cappello e ricevette le cartoline.

Il Capo dei Cappelli Rossi del Terreno disse a Itsy-Bitsy che era stata dichiarata una tregua e che la battaglia era terminata. I Cappelli Rossi si impegneranno nei negozi di prodotti umani offrendo ai clienti che se compreranno un Cappello Rosso riceveranno un Cappello Verde a metà prezzo. Questo piano farà felici i Cappelli Verdi e terrà occupati i loro operai nella produzione di Gnomi. Tutti vincono.

La Fata del Giardino, ora rossa e verde, uscì da un cappello verde e volò via con le cartoline firmate. Dopo tutto, i bambini parteciparono alla celebrazione della tregua. La Nuvola del Cappello arrivò e si librò sopra la festa abbastanza a lungo da permettere a tutti i bambini di essere trasportati da Jumping-Jack.

H come Ostacolo
Ti sta addosso...
Si dirige verso di voi...
Tieni duro.
Abbiate la determinazione...
Dirigetevi verso le prove...
Colpire il bersaglio.
Sperare per il meglio...
Preparare un altro piano...
Acclamarlo se ha successo.
Abbattere l'ostacolo...
Nasconderlo dietro...
Ne abbiamo un altro da affrontare?
Metà della lista è andata...
Saltare verso un'altra scoperta...
Ecco un altro segreto.
Sarete felici...
Difficile resistere...
Aiutare gli altri.
Cappelli rossi...
Cappelli verdi...
Scegliete voi...
Il giardino di casa vi abbraccerà.

Gli Elfi

La Nuvola del Tappo ha sfiorato un altro cielo molto azzurro con tutti i bambini appesi. Questa volta la nuvola di Clap ha preso la direzione del nord, dritta verso il Polo Nord. Tutti i bambini hanno sentito il freddo e hanno preso coperte e maglioni extra per riscaldarsi. La maggior parte dei bambini aveva in testa i cappelli verdi della Terra degli Gnomi. Uno dei bambini sapeva chi viveva al Polo Nord e gridò il suo nome, Babbo Natale. I bambini lo sentirono forte e chiaro. Itsy-Bitsy e Jumping-Jack potevano vedere l'eccitazione su tutti i loro volti.

La prima cosa che i bambini videro dopo l'atterraggio furono le renne. Sì, tutte e nove. Erano state incaricate di portare i bambini nel Regno Terrestre di Babbo Natale. Il problema era che non potevano eseguire le istruzioni di Babbo Natale. C'erano più renne che bambini. Le renne potevano iniziare a litigare per decidere quale renna avrebbe scelto un bambino. Le renne sbuffavano e si agitavano. Itsy-Bitsy sapeva cosa fare. Fece fare ai cinque bambini due pupazzi di neve. Ora ogni renna aveva un occupante da trasportare: 6 bambini, 2 pupazzi di neve e Jumping-Jack. Ora tutto andava bene.

Le renne si avviarono attraverso la neve verso il Regno di Babbo Natale con il loro carico. All'arrivo, i bambini venivano accolti dall'elfo, chiamato Ify. Ify diceva: "Ify tu fai questo, io farò quest'altro". Ify non faceva mai nulla da solo. Aveva sempre bisogno di aiuto o diceva prima a tutti cosa fare. Diceva a Itsy-Bitsy e ai bambini: "Se vi mettete in fila, aprirò la porta del Regno di Babbo Natale. Se tendete la mano, vi farò stringere la mano dagli elfi. Se dite agli elfi il vostro nome, io vi dirò il loro. Se vai a sederti a tavola, dirò ai cuochi di preparare il pranzo per te. Se i cuochi mi aiuteranno a portare il cibo in tavola, io servirò il cibo".

Itsy-Bitsy chiese a Ify: "Babbo Natale è il capo del terreno?". Ify rispose di no, ma Babbo Natale fa le veci del capo elfo. Molti anni fa, il nostro capo elfo ci ha lasciato. La Corte Seelie, che risolve le controversie tra le Fate, decise che il Capo elfo del Terreno doveva essere bandito da quello che oggi chiamiamo Regno di Babbo Natale, il Polo Nord. Itsy-Bitsy chiese: "Che cosa ha fatto"? Il Capo degli Elfi odiava il Natale. Si rifiutò di celebrare la stagione. Mentì e finse di amare il Natale per anni. Itsy-Bitsy chiese allora: "Come lo scoprì l'Altro Mondo"? Un giorno di Natale, l'Elfo Capo ordinò agli elfi di fabbricare tutti i giocattoli con dei difetti. Il capo degli elfi modificò persino le istruzioni per i disegni, in modo che i giocattoli cadessero a pezzi. Babbo Natale consegnò quei giocattoli in tutto il mondo. Solo l'anno successivo l'elfo capo fu scoperto. Da tutto il mondo ci sono arrivate lettere di bambini che si lamentavano dei giocattoli ricevuti nei Natali passati. I bambini includevano nelle loro lettere il desiderio di giocattoli che contenessero una garanzia contro i difetti. Queste lettere sono state raccolte e inviate per espresso dalle Fate del Giardino alla Corte dei Seelie per le indagini. La Corte interrogò gli Elfi produttori di giocattoli. Gli Elfi portarono con sé i loro progetti. I progetti furono approvati dall'Elfo Capo Terreno.

La Corte dei Seelie stabilì anche che il Capo degli Elfi prendeva i giocattoli buoni e li seppelliva nella neve. Questo fatto venne alla luce quando il Regno di Santa sperimentò un disgelo precoce. Alcuni Elfi trovarono dei giocattoli. Gli Elfi stavano facendo una battaglia a palle di neve. Gli Elfi videro i giocattoli spuntare dalla neve. Prima della battaglia a palle di neve, le renne, calpestando il terreno, come fanno, in cerca di cibo da sgranocchiare, ruppero i giocattoli.

La Corte dei Seelie si attenne alla regola: non si può vivere una vita di bugie. Il Capo degli Elfi ha infranto la Regola d'Oro del Terreno, quella di non mentire. La Fata Madrina Nuvola mandò il nostro Elfo Capo Tribù al Polo Sud. Ha inviato due nuvole speciali, chiamate Nuvole Nacreo. La Fata Madrina inviò anche un messaggio speciale consegnato da una Fata del Giardino al Capo Elfo, che diceva: "Se i giocattoli non vengono riparati prima dell'arrivo al Polo Sud, le nuvole madreperlacee si dissolveranno e scompariranno. Tu cadrai nell'oceano e sparirai insieme ai giocattoli che nessuno vuole".

Abbiamo una copia della lettera nel nostro Museo di Babbo Natale. Nessuno ha più avuto notizie del Capo degli Elfi, ma alcuni giocattoli sono stati ritrovati da alcune scimmie. Abbiamo saputo che quei giocattoli sono stati ritrovati su una spiaggia in Africa.

Nessun elfo ha voluto accompagnare l'Elfo Capo nel suo esilio al Polo Sud. Il Capo degli Elfi arrivò a ordinare ai suoi elfi di andarsene. Questo provocò una rivolta. Una notte, un gruppo di elfi aspettò che il Capo tribù si addormentasse. Questi elfi legarono l'Elfo Capo con nastri e fiocchi alla sua camera da letto. Quando arrivarono le due Nacreous Clouds, gli elfi legarono altri nastri dal letto a un grande pallone speciale. Era stato fatto nella fabbrica di giocattoli per questa occasione. Quando il palloncino raggiunse la Nuvola di Nacreo più grande, fu scoccata una freccia che fece scoppiare il palloncino. Il Capo degli Elfi cadde a testa in giù. Atterrò proprio al centro della Nuvola di Nacreo più grande. Gli elfi fecero lo stesso trucco con i giocattoli rotti. I nastri furono legati a palloncini e attaccati ai giocattoli rotti. Questi palloncini sono stati colpiti con delle frecce, facendo atterrare i giocattoli rotti sulla Nuvola di Nacreo più piccola.

Tutti gli elfi festeggiarono la partenza del Capo tribù e ringraziarono le nove renne per aver trovato e dissotterrato i giocattoli sepolti nella neve. Le renne furono dichiarate innocenti dalla Corte dei Seelie. Tutti gli elfi rimasero nel Regno di Babbo Natale a costruire giocattoli.

Babbo Natale non è mai stato sostituito da un nuovo elfo capo-terra. Ogni anno celebriamo la partenza dell'Elfo Capo Terra. Chiamiamo questa festa il Giorno del Riciclo.

Tutte le fate dell'Altro Mondo ci inviano i giocattoli scartati trovati nei cassonetti. Le Fate dei Giardini ce li mandano a centinaia. Noi li ricondizioniamo e li spediamo di nuovo la vigilia di Natale con Babbo Natale. Tutto il lavoro che i nostri elfi fanno su quei giocattoli scartati contribuisce a fermare il cambiamento climatico. Domani è la Giornata del Riciclo. Incontrerete Babbo Natale. Ifty dice un'ultima cosa: "Assicuratevi che tutti i vostri amici e Jumping-Jack facciano una lista dei desideri da dare a Babbo Natale domani".

Itsy-Bitsy fa scrivere a tutti i bambini e a Jumping-Jack la lista dei desideri di Natale sulle loro cartoline. Il giorno dopo tutti sono alla festa. Nel Regno di Babbo Natale ci sono fuochi d'artificio, enormi palloni, fiocchi fatti con nastri e bastoncini di zucchero ovunque. All'interno del laboratorio, gli elfi sono impegnati a ricevere una scatola dopo l'altra dalle Fate del Giardino. Itsy-Bitsy ha notato uno dei suoi giocattoli che aveva lasciato fuori in giardino, a casa. Itsy-Bitsy decide che Ziggy deve averlo detto a sua madre. Sua madre deve aver detto a Ziggy di gettarlo nel cestino, la prossima volta che si porta fuori la spazzatura. Il giocattolo era la bambola preferita di Itsy-Bitsy.

Itsy-Bitsy chiede a Babbo Natale di restituirle la sua bambola. La bambola è Betsy Wetsey. Itsy-Bitsy l'ha ricevuta da Babbo Natale qualche anno fa.

I bambini salutano Babbo Natale e gli consegnano le loro cartoline. La Fata del Giardino appare da una scatola e riceve le cartoline da Babbo Natale e un biscotto da portare con sé. Babbo Natale chiede all'elfo Ifty di trovare la bambola. Ifty dice che sarà felice di cercare la bambola se alcuni elfi lo aiuteranno a scivolare giù per lo scivolo di metallo. Babbo Natale disse: "Ho, Ho, Ho! Tutti i bambini si unirono a Ifty e ruzzolarono giù per lo scivolo dal secondo piano al primo. I bambini si stavano divertendo così tanto che nessuno voleva che il divertimento finisse. Gli Elfi di Babbo Natale regalarono bastoncini di zucchero e biscotti al cioccolato fatti in casa a tutti gli Elfi e a tutti i bambini che fossero riusciti ad arrivare in fondo allo scivolo. Ifty estrasse una bambola da una delle scatole e la porse a Itsy-Bitsy. "Sì, sì, questa è la mia bambola, la mia Betsy Wetsy!". "Grazie Babbo Natale! "Grazie, Ifty"!

Questo avvenne appena in tempo. Mentre guardava fuori dalla finestra, uno degli elfi di Babbo Natale vide la Nuvola di Cap avvicinarsi al Regno di Babbo Natale. Itsy-Bitsy disse a Babbo Natale e Ifty che presto tutti i bambini sarebbero arrivati. Jumping-Jack mangiò troppi biscotti, ma riuscì comunque a trasportare tutti i bambini sulla Nuvola del Tappo. E si allontanarono in un cielo azzurro e luminoso.

Maglia A Catena

La Nuvola di Cap è scesa sul Regno di Babbo Natale con le istruzioni specifiche della Fata Madrina di portare i bambini alla deriva del Capo Tribù del Cambiamento. La regola d'oro della Madrina per tutti nell'Altro Mondo era di non mentire. "Nessuno dovrebbe vivere nella menzogna".

Itsy-Bitsy è una bella bambina con lunghi capelli biondi dorati. I suoi occhi viola erano insoliti. Era piccola, ma popolare a scuola. La sua personalità brilla di sicurezza, come la condivisione della sua conoscenza delle previsioni del tempo. Notò che tutti i suoi compagni di classe erano più alti di lei. Itsy-Bitsy cominciò a fare domande. Un giorno interrogò la madre sulle sue dimensioni ridotte. La madre le rispose: "Non preoccuparti della tua taglia. Inizierai presto a crescere in altezza. Diventerai più alta durante le ore di sonno". Itsy-Bitsy si rifiutava di guardarsi in qualsiasi specchio della sua casa, perché in cuor suo sapeva che non sarebbe diventata più alta. Itsy-Bitsy fece disegnare sulla porta della sua camera da letto un segno che indicava la sua altezza. Non fu mai aggiunto un nuovo segno, mese dopo mese. Persino Ziggy iniziò a prenderla in giro e la chiamò "Gamberetto". Storm disse a Itsy-Bitsy che se non cresci in altezza sei carina e puoi ricevere tante coccole. Itsy-Bitsy era solo quattro volte più grande della sua bambola, Betsy Wetsy! La maggior parte dei bambini riceveva vestiti nuovi ogni anno, perché crescevano a dismisura. Itsy-Bitsy, invece, non è mai cresciuta senza i suoi vestiti. Le fu fatto indossare i suoi vestiti finché non si consumarono. Itsy-Bitsy non riceveva mai scarpe nuove. Dovevano avere l'anima bucata. Itsy-Bitsy pensava che questa condizione non fosse giusta. Ziggy continuava a ricevere vestiti e scarpe sempre nuovi. Ogni anno diventava sempre più alto.

La Nuvola di Cap è finalmente arrivata sopra Terrain Chain Link. La Nuvola del Tappo annunciò che l'unica bambina autorizzata a scendere dalla Nuvola era Itsy-Bitsy, poiché era l'unica bambina con una cartolina per il Terrain Chieftain Link. Cap Cloud non poteva mentire. Conosceva altre ragioni, ma cercò di tenerle nascoste, finché un bambino non gridò: "Perché?". La Nuvola rispose: "Questo terreno è molto pericoloso. I Fairy Link potrebbero prenderti e fare un doppio scambio e poi un altro doppio scambio ancora e ancora. Farti passare avanti e indietro dalla tua famiglia umana o dall'Altro Mondo. Vedete, le Fate del Legame Mutevole hanno una storia di scambi di bambini. Non ci si può fidare di loro. Danno i loro figli fatati a genitori umani perché li crescano in cambio di figli umani. Le Fate del Legame di Cambiamento pensano che i loro figli possano ricevere un'istruzione migliore o avere maggiori opportunità, come cibo migliore. Forse, alla fine, cresceranno più alti. Questa situazione è molto pericolosa per voi cinque bambini, poiché siete tutti in viaggio verso il mondo umano. Rimanete sulla Nuvola degli applausi. Con me sarete al sicuro. Vi lascerò giocare al vostro gioco preferito: indovina cosa vedo".

Itsy-Bitsy era molto coraggiosa. Saltò su Jumping-Jack e atterrò su Terrain Change Link. Forse avrebbe trovato la verità. Forse avrebbe scoperto le sue radici. Avrebbe potuto confrontarsi con la sua esistenza. Che cosa sapeva esattamente il Change Link che lei non sapeva? Potrebbe mai conoscere la verità? Che domande avrebbe fatto? Peggio ancora, permetterle di lasciare la Nuvola sarebbe stato solo un complotto per trattenerla? Non le sarebbe importato di non rivedere più suo fratello Ziggy, ma le sarebbero mancati sua madre e suo padre. Questi pensieri le uscivano di getto, mescolati alle lacrime e al pianto. Cercò di calmarsi pensando che, a prescindere da ciò che sarebbe emerso da questa visita, aveva ancora Jumping-Jack e la sua bambola preferita, Wetsey Betsy.

Itsy-Bitsy sentì dei passi che venivano verso di lei dal fitto bosco che chiudeva la maggior parte della luce del sole. Gli alberi qui intorno formavano un baldacchino che permetteva solo ai raggi di luce di toccare il suolo. A ogni passo che si avvicinava, Itsy-Bitsy diventava sempre più nervosa. Infine, i passi si fermarono proprio sotto un raggio di luce. Una voce proclamò: "Sono il Capo Terreno Change Link. Ho portato con me un libro d'archivio del nostro Dipartimento dei Link. Link Runner lo tiene in mano per farvelo leggere.

Vi aiuterà a cercare il vostro nome, Itsy-Bitsy Cloud. Forse il tuo nome non è nel libro. Vieni alla luce per vedere insieme cosa si scopre. Itsy-Bitsy esita, ma la curiosità la porta verso la luce. Link Runner trova il suo nome nel libro e lo indica, Itsy-Bitsy Cloud. Il Libro dell'Altro Mondo afferma che lei è in realtà una Fata, appartenente al nostro Link Terrain Change. Il Link Runner continua dicendo che sei stata scambiata con una famiglia umana di nome Cloud. Ti abbiamo fatto tagliare le ali e modificare le orecchie, in modo che nessun umano possa indovinare che sei una fata. Itsy-Bitsy scoppiò a piangere nel sentire questa notizia. "Cosa mi succederà?". Queste parole si sentono tra i suoi singhiozzi. Il capo tribù Link cerca di calmare Itsy-Bitsy. La Madrina Cloud ha organizzato questa visita perché tu non viva nella menzogna. Nessuna fata in nessun altro mondo o persona in nessun mondo umano dovrebbe vivere nella menzogna. La verità elimina ogni dubbio e dà felicità al vostro essere. La Madrina Nuvola ha dedotto dalle tue domande sulla tua taglia che era giunto il momento che tu conoscessi la verità. La tua meravigliosa personalità non cambierà. Sarete ancora amati nel vostro mondo umano di adozione. Nessuno si chiederà mai da dove venite. Itsy-Bitsy dice: "Sono ancora confusa. Con chi sono stata scambiata?". Il Capo Tribù Link risponde: "Sei stata scambiata con una bambina umana". "Posso conoscerla?". "No, purtroppo è morta qualche anno fa, perché non voleva ascoltare. È saltata dalla sua casa sull'albero per salire su una nuvola. È caduta ruzzolando a terra. Come te, aveva lo stesso desiderio segreto. Tuttavia, non ha aspettato che la Fata Madrina esaudisse il suo desiderio".

Itsy-Bitsy chiede: "Cosa succederà a me, alla mia bambola e a Jumping-Jack"? Il Capo Tribù Link dice a Itsy-Bitsy che la tragica morte dell'interruttore umano non potrà mai più avvenire con la famiglia Cloud. Verrai restituita a loro, a patto che tu rispetti le condizioni stabilite dalla Madrina per i tuoi viaggi sulla Nuvola di Clap. Itsy-Bitsy è molto sollevata.

Ora il suo unico problema è far arrivare la cartolina nelle mani del capo tribù del terreno Link. Itsy-Bitsy va dal Runner Link, un'ultima volta, per vedere il suo nome nel libro. Sa che il Chieftain Link deve firmare il libro per registrare il suo incontro con Itsy-Bitsy. Ha visto molte delle sue firme sulle varie pagine che il Runner Link stava sfogliando. Itsy-Bitsy mette la sua cartolina sulla pagina del libro con il suo nome. Il Capo Tribù riceve la cartolina mentre firma il libro. La Fata dei Giardini, vestita con una stampa di giornale, esce dalla copertina del libro e reclama la cartolina. Se ne va con la cartolina. Non molto tempo dopo, la Nuvola di Cap appare proprio sopra la cima di un albero. Jumping-Jack si arrampica sull'albero più alto con Itsy-Bitsy sulla schiena e la sua bambola. Jumping-Jack compie un grande balzo e atterra sulla Nuvola di tappi. Tutti i bambini applaudono. Sono così felici di vederla! I bambini hanno fatto a Itsy-Bitsy un'aureola con la Nuvola di Cap. Ora i bambini chiamano Itsy-Bitsy l'Angelo di Cap Cloud. Il suo nuovo nome.

Kelpie, Il Cavallo

La nuvola Clap si dirigeva molto lentamente verso nord. I bambini erano tutti addormentati, così la nuvola si prese il suo tempo per arrivare alla nuova destinazione chiamata Terra dei Kelpie. Tutti i bambini furono svegliati dal loro sonno profondo quando sentirono un cavallo emettere il suo suono caratteristico. Uno dei bambini esclamò: "Guardate laggiù". Tutti videro una creatura simile a un cavallo in piedi sulla riva di un fiume. Era blu come l'acqua.

Una volta che la Nuvola di Clap si è librata vicino al cavallo, ogni bambino ha voluto essere il primo della fila per accarezzarlo. Il cavallo sembrava amichevole. Jumping-Jack ha fatto il suo lavoro e ha messo ogni bambino vicino al cavallo. Ogni volta che veniva accarezzato, il cavallo alzava e abbassava la testa in segno di gratitudine. Sembrava molto amichevole.

A un bambino venne l'idea di cavalcarlo. Il bambino fece in modo che Jumping-Jack lo sollevasse sulla schiena. A questo punto, anche tutti gli altri bambini volevano fare un giro.
Il cavallo assecondò questo desiderio allungando la schiena per fare spazio, ma solo per cinque bambini. Itsy-Bitsy, essendo un angelo, rimase sulla riva del fiume da sola e guardò ogni bambino riempire uno spazio sulla schiena del cavallo. Uno dei bambini decise di cedere il proprio spazio per permettere a Itsy-Bitsy di prendere posto. Il bambino non poteva smontare. Il bambino era bloccato sulla schiena. Tutti gli altri bambini provarono a loro volta a smontare. Tutti erano bloccati. Erano incollati alla schiena del cavallo. Itsy-Bitsy era inorridita.
Itsy-Bitsy si precipitò verso il cavallo. Itsy-Bitsy prese tutte le cartoline e cercò di staccare i bambini, uno alla volta. Ogni cartolina si attaccò al cavallo.
Il cavallo si lanciò al galoppo nel fiume. Itsy-Bitsy rimase scioccata sulla riva del fiume. Il cavallo scomparve nell'acqua. Più tardi, Itsy-Bitsy vide una cartolina affiorare sull'acqua. Era la sua cartolina.
La Fata del Giardino apparve da dietro un albero sulla riva del fiume, vestita di blu, e prese la cartolina. Volò via con la cartolina.
La Nuvola del Clap arrivò presto. Jumping-Jack portò rapidamente Itsy-Bitsy e la sua bambola sulla nuvola di applausi.
Itsy-Bitsy, con grandi lacrime che le rigavano il viso, dichiarò con un urlo: "Voglio andare a casa. Non ho più cartoline".

La Tempesta

Itsy-Bitsy, come molti meteorologi, può sbagliare. Ha lasciato la finestra aperta nella sua camera da letto. Al mattino presto si formò un grande temporale con venti forti. La pioggia e il vento cominciarono a far saltare le tende della finestra e a far rumoreggiare le persiane della sua camera da letto. Ziggy si era già alzato. Si stava preparando per andare a scuola, quando sentì degli strani rumori provenire dalla camera di Itsy-Bitsy. Si precipitò nella camera da letto e sbatté la finestra.
Questo rumore svegliò Itsy-Bitsy dal suo sogno profondo. Ziggy disse: "Lo dirò alla mamma".

Sull'autore

Francis Edwards

Francis Edwards ha riformattato il Victoria Tunnel Book in una moderna presentazione 3D per la narrazione e l'apprendimento di libri per bambini. Ad oggi ha realizzato 15 titoli. Per acquistare uno dei suoi Tunnel Book è possibile visitare il sito Etsy.com.

I suoi saggi, poesie e scritti possono essere letti su Medium.com. È presente anche su *Smashwords.com*.

www.ingramcontent.com/pod-product-compliance
Lightning Source LLC
LaVergne TN
LVHW041556070526
838199LV00046B/1991